翅ある人の音楽＊栞

高瀬隼子
染野太朗
真中朋久

2023/06　tentendo

わたしもそれを祈りと呼びたい

高瀬隼子

濱松さんは友だちだ。大学の同級生で、下宿先が近く（隣の隣の隣の隣の隣くらい）、学する道すがら、ベランダに干された彼の洗濯物を見上げていた。濱松さんはいつもに本を読んでいる、学ぶことをさぼらない人だった。お互いが創作をするというこ々に知っていて、わたしの小説を読んでもらうこともあった。そのうち、わたし所属していた大学の文芸サークルに、半ば強引に（「はまーも入ってよ。一緒にや」）勧誘し、四回生の時に小説の同人誌を作って文学フリマに参加した。以来、会人文芸サークル「京都ジャンクション」でともに活動し、濱松さんの短歌続けてきた。

ことがとても好きだ。創作に対する姿勢と情熱を尊敬しているし、作品をを信頼している。自分にも他者にも厳しいが、愛情深い。大切な人たち

を大切にしようと、心がけている人だと思う。歌にもそれが現れている。

もうすこしうつくしくなるはずだつた器が誰の心にもある
逃げるやうに図書館へ行く　ぼうけんのつづきを書ける人になりたい

あなたの書いたぼうけんのつづきを、わたしは読んできた。わたしたちは短歌が、小説が、創作が、芸術が好きで、表現されたそれらが他人を勝手に救う、あるいは無関係の心を掬い上げることがあると、知っている。すくった後で刺す。ずるずる落ちてしまわないように、刺して留められる。一本の太い槍ではなく、標本に使われる細い銀色の糸のような針を何本も繰り返し刺す方法で。刺されると少し痛い。濱松さんの歌もそうしてわたしの心を留めてきた。
「京都ジャンクション」で発行している同人誌に、濱松さんが二〇〇首の短歌と詞書からなる「時の崖（きりぎし）」を発表した（二〇二二年、第16作品集）。その中にこんな一文がある。

たくさんたくさん、ざまあみろ、と思つてきた。私も誰かに思はれてもきただらう。怒りや妬み、憎しみは既に私の肉であり、熱である。手放すにしても、もはや代償が要る。

わたしはこのページに付箋を付けて、何度も読み返している（その度に細い針が刺される）。初めて読んだ時に、知っていた、と思ったのだった。わたしは濱松さんのそういう姿勢を、彼の創作によって知っていた。こんな怒りを、妬みを、憎しみを、なにもなしに手放すことなどできない。

そんな前提を持ったまま、わたしはこの歌集で次の歌に付箋を付けた。ノートに書き写しもした。そうして、前掲の詞書と同様に何度も眺めている。

　みづからの鎖に足を取られつつそれも祈りと呼びたいのだが

悲鳴だと思ったものは祈りだったのかもしれない。それらははっきりと分けられない

のかもしれない——自らの内に入れたものを言葉にして送り出す時、咀嚼するからいやおうなく混ざる。毒が含まれているに違いないのに、解毒の方法も分からず苦しんでいる。

友だちだからなるべく平穏でいてほしいと思うのだけど、濱松さんとは同じ大学の同じ専攻のただの友だちでいた期間よりも、同人サークルで活動する仲間でいる期間の方がはるかに長くなったから、書いていてほしいと、作っていてほしいとも、思ってしまうのだ。苦しそう。書かないと、作らないと、その身が保てないくらい苦しそう。もしかして書くから、作るから苦しいんじゃないか、と逆説的なことを考えてもみるが、そうであっても作ってほしいと願ってしまうこれは、果たして友だちの心なのか。自分に問うてみると、濱松さんを求める、正直な心に出会う。わたしはあなたに、ずっと書いていてほしい。書き続けていてほしい。くるしい道を、一緒に・別々に、行きたい。

わたしと濱松さんは友だちだと言ったけれど、学生時代に土日に二人で買い物に行ったこともなければ、鴨川で酒を酌み交わしたこともない。互いの誕生日を祝ったこともないし、週末に飲みに出かけて仕事の愚痴を言い合うこともない。そういう友だちじゃない。だけど、わたしが小説家デビューした時、濱松さんが心底からほんとうに喜んでくれたのを知っている。同じように今、濱松さんの初めての歌集がこの世に出ることを、わたしがどんなにうれしく思っているか、濱松さんは絶対に分かる。わたしたちは、創作でつながってきた友だちだから。だから分かる。

　濱松さんの本が、たくさんの読者の手に届き読まれることを、それが誰かの心を留める針の一本、一本になることを、猛烈に願う。

おまへの声、われの声

染野太朗

全集の第一巻に押し込まれ息切らしをり初期作品は
ぶれぶれの写真に残るよろこびが削除の指を遠ざけてをり
傘同士すれ違ふとき片方が高く掲げる雪もろともに

一首目、作家の「初期作品」に感じられる若書きの熱情とまだ完成されていない技術を指して「息切らしをり」と捉えているのだろうか。二首目、スマホに残る画像の削除をためらい、結局その操作をしないでいる指そのものまでありありと見えてくる。三首目、人や傘の動きと、何より「もろともに」がもたらす傘の重さや雪の質感が印象深い。

定型における語の構成の仕方を含めて、そこにある表現が、丁寧に確実に、対象とそれに対する認識や心情を一首に定着させている。詩情が濃く、余情が深く、具体としての対象の手触りが、いかにもはっきりとしている。

しかし、これだけ身めぐりの具体を先立てたような歌は、この歌集においてはむしろ例外的であるようにも思う。右に見たような行き届いた観察やスケッチの力をベースにしつつ、例えば次のような歌がある。

色彩の果てなる夜に鬼灯の実のうづきつつ照り深まらむ
Tシャツは首まはりから世馴れして部屋着つぽさを刻々と得る

これらももちろん「鬼灯の実」「Tシャツ」という具体を鋭く観察した歌ではあるが、「色彩の果て」「うづきつつ」「世馴れ」「刻々と」といったあたりの語によって、鬼灯やTシャツは〈今ここ〉の具体からやや離れ、観念のほうへ、主体の心のありようのほうへと形を変えている。

もうすこしうつくしくなるはずだつた器が誰の心にもある

もつと早く凍らねばならぬ　ためらひを芯にして太りゆく雪だるま
手に余るほどに心はふくらんで苦みのごとき色を放てり

一首目の「器」はあくまでも喩であり、実際の食器や花器などではないとはっきりとわかるが、二首目の「雪だるま」なども現実のそれではないと読み得る。三首目になるともうそこに具体はない。主体の内なる実感としての「心」「苦み」「色」が、息苦しくふくらんでいる。

そしてそういった観念あるいは抽象の側にあってくりかえし語られるのが「われ」である。

ふたり分悲しんでゐる気でゐたが私がふえただけだつた
同じ目をしてゐるわれに怯えたるみづからを逃さずにわが目は
ランタンに灯を点しつつひかりとはおのれの影の伸びゆく範囲

ただ、例えばこれらの歌は、穏やかに自分探しをしている、自分とは何者かを見極めようとしているというよりもまず、自分を持て余している、あるいは自分で自分を監視しているというような感じがある。諦念も感じられようか。

そしてさらに、そことどう関わるのか、ここで結論を急ぐことはしないが、次のような歌がある。

奪はれてもうばひかへしてしまつたらおまへの顔のわたしが笑ふ
あの辺に雲の終はりがあるといふ定説　もつと断罪したい
おまへは何故そこで笑つてゐるのかと問ひたる首のこちらへ曲がる

「われ」と同じ方向を見つめて手を繫ぎ合うような他者ではなく、どちらかと言えば対立するような、自らを脅かすような存在としての「おまへ」が描かれる。もちろん二首目の「断罪したい」は自らへ向けた意識なのかもしれないが、そうだとしてもこの思いは、自分自身や他者と「われ」とが相容れないこと、対立するものであることが（少な

くともこの発話の段階では）前提となった欲求であるように思う。表題にもなった連作「翅ある人の音楽」において断続的に挿入される「男ノクセニ、女ミタイナ声ヲ出シヤガツテ。」といったカタカナ表記の言葉も見逃せない。主体を直接に抑圧する言葉であり、おぞましいが、しかしまさにそのおぞましさが照らし出すことで、この言葉自体が何らかの「断罪」を受けてもいる。その周囲の、

八月の打弦わづかにくぐもればアップライトに交差する雨
声をうばふ、死ぬまで奪ふ　燃え尽きるまでが翅とふかつての訓(をし)へ
死してなほ口より離さざる喇叭リップスラーは橋のかたちに
にんげんのこゑは背骨を狙ふから削ぎ落したるみづからの翅

といった、異種の身体（すなわち自らの身体か）としての「翅」や、この歌集の特色のひとつである音楽のモチーフとともにある、観念的で暗い印象の歌にも、やはり抑圧や、あるいは諦念の雰囲気が漂う。自罰でもあろうか。

耳鳴りににじめる声のとほくあれば黙秘のごとくゆふだちに入る

生きのこるなら引き受けるより他なくて声なきこゑを身にそよがしむ

何度でも鳴りかへすから　色彩を一度うしなふための五線譜

歌集をとおしてつねに「おまへ」の声、そして「われ」の声が鳴り止まない。その声と重なりながら「耳鳴り」も止まない。しかしそれらは拒絶されることがない。自他が発するあらゆる音を「五線譜」に引き込み、音楽として奏で直そうという静かな覚悟が、この歌集の内側に冷たく熱く響いている。

翅ある人の言葉と音楽

真中朋久

昨年二〇二二年はイギリスの作曲家であるレイフ・ヴォーン・ウィリアムズの生誕一五〇年で、彼の書いた音楽は、あちこちで紹介されていた。濱松さんのこの歌集には音楽に関連する題材が多いが、中でも「〈富める人とラザロ〉の五つの異版（ヴァリアント）」は力の入った連作と言えるだろう。「Ralph Vaughan Williamsに倣つて」と添えられているように、ヴォーン・ウィリアムズに同名の曲があって、それは新約聖書でイエスが語ったというさまざまな「たとえ」の一つを題材にしている。文語訳聖書によるその部分が「Theme」として提示されているが、聖書のこの前後のさまざまな記述は、当時の社会関係などを読み取ることができて面白い。

濱松さんの作品は、友人の死と、自分たちの境遇などを聖書のたとえ話に重ねつつ、静謐な文語文体は音楽のほうを思わせて味わい深い。

開かるる門のかたちにあふれ出づる饗宴の灯をしばし見留む
心身を病みてうしなふ職あればわれに値引きのパンやさしけれ
みづからに疲れてをれば其処にありし他者の苦悩に気づかざりけり
富める人ならざるわれらお互ひの腫物を目守りつつ触れざりき

富める人の門前で、富める人の暮らしを垣間見る。それはまったく別世界というより、むしろ「うしなふ」前の生活をなまじ知っているということによる苦しさというものもあるかもしれない。現代的な「値引きのパン」を選ぶのは、余裕がある人の倹約ではない。そして、他人の困窮や苦悩というのものは気づきにくいものだ。富める人はもちろん、そうでない者はなお、自分のことがせいいっぱいになる。

それにしても、景気のよかった時代の、比較的余裕のある人の集まるような場面では「富める人」と「ラザロ」の、どちらかといえば前者のほうに自分を置いて、悔い改めなければならないという教訓的な読み方をしてきたものではなかったか。おそらく、ヴォーン・ウィリアムズもそうだろう。それがここでは「富める人ならざるわれら」というのが時代の閉塞感だ。そしてそれが「われわれは」と声を上げるというのでもなく、あくまでも静謐な言葉であることを思う。

タイトル作の「翅ある人の音楽」は、ところどころにさしはさまれるカタカナ書きの散文が暴力的であり、それを書かなければならないことが痛ましく思う。だが作品は、前半は音楽、後半には鉱山労働や火災のイメージをまじえながら、奥行きを広げている。

水鉄砲持ちゐし頃に出逢ひたるうすき翅ある人のまぼろし
翅あらば人にあらずと　湧き水を昼に汲む者、夜に汲む者
坑道にこだま成しゆくうたごゑのひかり求めて高まるといふ
山火事のほのほ明るく拡がれば数多の翅の夜半に飛び交ふ
鏡にはだれもうつらず晩秋のオルガン弾きは背中で歌ふ

幼いころに出会ったのは、あるいはもう一人の自分だろうか。天使のような存在とい

うよりは、妖精のような、この世ならぬものと対話しながら孤独な日々の自分を支えてきた。生活のための日々の労働を自分の意志でデザイン出来る人は少なく、だいたいは枠組みの中に適応させてゆくことになるが、そういう場面で「人にあらず」という扱いを受けることもあるだろう。事実に、あるいはまた現実社会のあれこれの場面につきすぎると、言葉の暴力の地獄に飲み込まれそうになる。翅ある人の姿を呼び寄せて静かに耐える。耐えながら心の中にあかあかと炎を上げている。

パイプオルガンはだいたい壁に向かって演奏台(コンソール)があって、指揮者や共演者、教会ならば司式者の姿が見えるように鏡を置くことがある。そういう鏡だろうか。そこにいたはずの「翅ある人」の姿が見えなくなったのか。あるいはオルガン弾きも、音楽そのものになって次元の違うところへ飛び立ってゆくような感じかもしれない。

芸術ですべてが解決するというようなものではない。現実世界の桎梏は現実的に取り除いてゆかなければならない。そのことに向き合ってゆくときにも、姿の見えない「翅ある人」は音楽と言葉によって人を、私たちを支えるのだ。

翅ある人の音楽

濱松哲朗

典々堂

目次

I

II

装幀　花山周子

翅ある人の音楽

I

忌日

講義録ひもとく真昼ねむたさは書庫のにほひを伴ひて来ぬ

借りつぱなしの本があるから図書館のまへで毎回くしやみしてゐる

全集の第一巻に押し込まれ息切らしをり初期
作品は

傾いてゐたのはこちらだつたのか扉、とほれ
なくてもとびら

暗殺をのちに忌日と呼び替へて年譜にくらく
梔子ひらく

耳鳴りににじめる声のとほくあれば黙秘のご
とくゆふだちに入る
わが前に蠟灯り持てる我のゐて芯あるものに
冴ゆるほむらよ

Dead Stock

なくすのはいつも合鍵　アクリルのひかりが
海をなす雑貨店

世話になつたと云へばしまひになることをつ
くり笑ひの鳳仙花たち

卵入り納豆ごはんかき込めば箸はかなしく軽やかに鳴る

意地悪く死にたしとかつて希ひたるは季節外れの台風のごと

掛け持ちのバイトすんなり辞めた日のかへり道イオンモールかがよふ

諦めたものから燃えて空色の地図を汚してゐるバツ印

もうすこしうつくしくなるはずだつた器が誰の心にもある

新設の書架にひかりを足しながらプレイヤード叢書ささやいてゐる

どうせこれも捨てられるつて知つてゐてそれ
でも揃へてかへす割り箸
白昼夢くづれてわれの眼前にビルはたつなり
いまいましくも
手も足も出なくなりたる幾人か気がつけば故
郷に飛ばされてをり

君の死後を見事に生きて最近のコンビニはおにぎりが小さい

年相応の年収といふ幻想を休憩室のテレビにて見つ

俺のことはほつといてくれと独り言つ　菓子パンはカロリーの塊である

少しだけ大崎行きは空いてゐてそれきり夏の
記録もとまる

巡礼の森

遅番ののちの早番　ゆふべ来たあなたのメールが結構ながい

売り切れのランプ連なる自販機のそびえ立ちをり視野の行く手に

聖地つていふ程ぢやない橋だつた不意にあな
たは日傘をとぢて
少年がをとこの声になるまでをみづいろのシ
ャツはためいてゐる
元服のやうに名前を変へながら川にひかりの
起伏ほころぶ

好きなものを好きと言ひ合ふ　この街が舞台
となつたアニメのことも

倚りかかるほどにふたりは森となる雨はゆつ
くり産みなほされる

紅葉も多分きれいで、　お揃ひの思ひ出に立つ
夏の公孫樹は

巡礼の終はりに出会ふゆふだちにふたりひら
がなのやうに笑つた
海沿ひに住めばやさしくなれさうな気がして、
気がするだけで終はつて
それぞれの胸にひろがる砂浜を慈しみつつ素
足で眠る

ぶれぶれの写真に残るよろこびが削除の指を
遠ざけてをり

予兆と余白

遊びにもつよく度胸は求められフラジオレット
トのギターかがよふ
仕方なく昼の布団を畳むとき予兆のごとき鰯
雲みゆ

つまんでは捨てる行為をくりかへしひとりで
生きてきた一人部屋

かなしみがしづかに死んでゆくまでをスクリ
ーンセーバーくりかへす

余白てふ存在に逢ふよろこびをつかの間真夜
のましろなる月

冒険の途中のやうな顔つきでホットドッグを
立ち食ひしよう

人は人を確かめながらひたすらに岸辺に石を
こぼしつつ歩く

随分ととほくまで来た　自転車でどこへでも
行く大人になつて

色彩の果てなる夜に鬼灯の実のうづきつつ照り深まらむ

折り鶴の首のあたりに残りゐるきのふの指のとまどひのあと

夜の櫂

貧血に遭ひたる朝を今週の星占いが牛丼を推す

Tシャツは首まはりから世馴れして部屋着つぽさを刻々と得る

出て行けと言はれたやうな気になつてメール
しばらく返しそびれぬ

焼き芋の焦げたまはりをはらひつつころさず
にすむこころずるいね

おしまひが近いらしくてだから変にやさしい
声がもれてくるのか

火照りたる身体に櫂を差すやうに聴診器しん
と当てられにけり

壁紙に白き起伏を撫でながらわたしは夜に護
られてゐる

僕の知らない雪どけ

色のない夢ばかり見る　白鳥の群れに呼吸を
しまひ込みつつ
しろたへの創文社版ハイデッガー全集おもく
未明にひらく

海老天のしつぽくらゐの寂しさで君は電話を
掛けてきたのか

耳で聴く風景ならば雪原は最弱音のシンバル
だらう

引き出しの奥に丸まつてゐたやうな言葉にて
業務メール届きぬ

「っょぃ」つて小文字で打てば強さとはすぐ

に萎んでしまふものならむ

ああこれも真水の比喩か、透きとほるグラス

に冷ゆるレモンの輪切り

ぼくたちはまあるいみどりのやまのてせんま

んなかとほるやつゆるさない

ふたり分悲しんでゐる気でゐたが私がふえた
だけだつた
西口は東口より入り組んで僕の知らない雪ど
けがある
これくらゐ残してゐなくなりたくてシーザー
サラダの卵をくづす

バック・トゥ・ザ昭和つていふ顔をして来週
もまた観て下さいね

最大多数

芋掘りの記憶こんなにぬくまつて守られてゐるわたしのふかく

箱買ひの林檎のうちに凄まじく我のつよき一個腐りてゐたり

理屈では分かるが、と云へば幾たりかまるで
疎遠となりき　そののち
茫然の流しにむかひ梅干しの種のみ残る弁当
あらふ
いつだつて人は指から凍るから　筆跡がみん
な川になるから

後ろから押されても一人耐へてゐる最大多数
の最大幸福

わが裡に互ひちがひに組みかはすわれの気配
の夜ごと深まる

凍える声

„Seid ihr nicht der Schwanendreher?“

傘同士すれ違ふとき片方が高く掲げる雪もろともに

風花よ　呼気にひかりをうつしつつ見上げてゐたり冬の鉄橋

いさかひの後(のち)のやうなる熱もちて雪ある街の
一点となる

少年のわれの気配は頬あかくわれを待ちをり
坂のうへにて

遠かつたはずのわたしがここにゐる随分とず
ぶ濡れの手ぶくろ

怯えてはゐないやうだが、冬の手はおのづと
鉄の扉をさがす
かなしみが指にからまる感触のこんなに強く
握りかへして
まばたきは記憶のふるへ　崩ゆるもののみな灰（くわい）
白（はく）の影をともなふ

お気に入りだつた絵本の鳥の名を呼ぶとき喉
はもう燃えてゐて

読み聞かせの途中で眠くなつたから覚えてゐ
ない毛布のことを

白鳥を焼くをところてゐて私にもすすめてくれる
やはらかい部分

かつて、とは屠りのころと識りてより寒雷の
ごとき眼差しをもつ
じつと目をこらせば声が匂ふから大人をえら
ぶのにも慣れてゆく
寒いのはおまへだけではない等と云ふ、出て
行つた癖に偉さうに

毛嫌ひの果てに未だに食はざりし物あり　た
とへばむらさきのガム

坂道の滑りやすきに驚きて笑ふ、転んでもな
ほ笑ひたる

もつと早く凍らねばならぬ　ためらひを芯に
して太りゆく雪だるま

忘れてゐたわけではないが、　どの雪も迎へに
ゆけばぬかるみである

わたしにも凍える声のあることの笑へば笑ふ
ほどにくるしい

子守唄爪弾くやうに雪はふる　おはなしだか
ら、　おしまひだから

肺胞に鋼のごとき夜気充ちてかつての冬の残
響をなす

おまへはまだここにゐたのか　のがれてもな
ほ点々と生け捕りのあと

ずつと喉に隠しておいたはずなのに斧の重み
が時をつらぬく

同じ目をしてゐるわれに怯えたるみづからを
逃さずにわが目は
覚えてゐないとは言はせない　火掻き棒まつ
先に探り出して、わたしも
見開きのまま本は燃え、暴力の雪に生まれて
雪に消ゆるも

雪原よ　われはわれより逃れ来て消されるまでを碑文に刻む

金継ぎのやうに朝日を透かしつつ垂直の力に立つ針葉樹

氷とはみづとひかりの咎なるを鳥よこの世の冬を率ゐよ

＊

マフラーを道の途中に外すときわれにひかり
は春をともなふ

II

素人とコロッケ

髭を剃る必要のない日と思ふ休日あるいは無職初日は

稀有といふ語彙からとほい日常の朝ごとに飲む白湯のしづまり

よく死ぬと知つてゐて読む小説に不意に咲き
乱れる沈丁花

ここだけがやけに明るく人生の急所としての
サービスエリア

何だつて揚げてしまへばコロッケになるんだ
春に来る憎しみも

ご馳走を逃したやうに週末のフェイスブック
を舐め渡したり
まつたくの素人として生きてゐる　未経験か
ら人間になる

乗り換への途中

大根に火がとほるまでスマホ用転職サイト開いて閉ぢる

泣き言の水位を思ふ　縋り付くやうにSNSを眺めて

あくまでも比喩であるから落ちついてくびを
切つたりお祈りをする
吹けば飛ぶと思つてをればほんたうに死んで
しまつて、とおまへも云ふか
乗り換への途中で買つたのど飴をひとつ舐め
たら忘れてしまふ

湖をめぐる灯

「特売」の幟ゆれたる店先に新玉ねぎは芽を出してをり

またひとりここからゐなくなる春の通用口にならぶ置き傘

重ね重ねお詫びを申し上げながら小指の爪が
気になつてゐる

バス停に向かつてバスは傾いて夜を含んだ座
席を見せる

いつ観るか考へながら借りてきていつも一枚
観ずにかへしぬ

非正規で生きのびながら窓といふ窓を時をり
磨いたりする

好きだつたことも一度はある人の近況を聞く
春の飲み会

枝豆をひたすらつまむ　言はないでおけばよ
かつた時給のはなし

お宮参りの写真ながれて疎遠とは「いいね」
ばかりを送り合ふ仲

炭酸が苦手になつてしばらくを心に雲をあつ
めて過ごす

マラカスにしてはさびしい　ひとりづつねむ
りに落ちるカラオケ部屋で

言ひよどむ仕草のうちにわれはいま他人であると気づかされたり

紅しやうが山盛りのせた牛丼を深夜に、思ひ出して泣きさう

駅からのなだらかな坂くだりつつ夜明けは街のかたちにとけて

羨望の、あるいは甘い憎しみの言ひ換へとして湖(うみ)をめぐる灯

絵葉書に切り取られたるみづうみの青、ほんたうのことは言はない

可能性くらゐ作れる　橋わたる手前にふるへ出すハイハット

湖（うみ）の時を追ひ越しながら老いてゆく耳朶に葉
擦れの音たしかなり

ほどほどに抗ひながら生きてゐるアラサーと
いふ自虐をもつて

放送の終はりしラジオいつまでも指のあひだ
に砂粒のこす

声を奪ふ

あんな奴を信じた俺が馬鹿だつたと言ひ聞かせつつ三田線に乗る

突然の感情、落ちてゆくためのみづうみ　花火だらけの水面(みなも)

此処にゐる私はわたしではなくて幾らでも云
ふ御礼くらゐは

吊り革に酔つ払ひ吊られゐたりしがふと抵抗
をやめてしまへり

奪はれてもうばひかへしてしまつたらおまへ
の顔のわたしが笑ふ

こてんぱん

終点の駅のにぎはひ　耳打ちはトライアングルの弱音に似て

夕刻に花火大会待つ人のブイヤベースのごとく混み合ふ

金運の上がるとふ赤きトランクス三枚組で売られてゐたり

貰ひ物の西瓜の肌をなでながら、明日にはこてんぱんにしてやる

聖澤庄之助なる人物の不意に来て不意に死んでしまへり

ぼうけんのつづき

ミラノ風ドリアつついてしばらくは本題に入らないといふ意志
手に余るほどに心はふくらんで苦みのごとき色を放てり

叶はざる夢に背骨のありしこと懐しみつつ指先を擦る

学籍をうしなつた日を記念して買つてしまつた原書の類ひ

思ひ出すことはあらたに生きることいちばんはじめのおはなしのこと

逃げるやうに図書館へ行く　ぼうけんのつづきを書ける人になりたい

草刈りのにほひ蒸れ立つ日向より次の日向へうつろひにけり

〈富める人とラザロ〉の五つの異版

——Ralph Vaughan Williams に倣って

［Theme］

或る富める人あり、紫色の衣と細布とを著て、日々奢り楽めり。又ラザロといふ貧しき者あり、腫物にて腫れただれ、富める人の門に置かれ、その食卓より落つる物にて飽かんと思ふ。而して犬ども来りて其の腫物を舐れり。遂にこの貧しきもの死に、御使たちに携へられてアブラハムの懐裏に入れり。富める人もまた死にて葬られしが、黄泉にて苦悩の中より目を挙げて遥にアブラハムと其の懐裏にをるラザロとを見る。乃ち呼びて言ふ

「父アブラハムよ、我を憫みて、ラザロを遣し、その指のさきを水に浸して我が舌を冷させ給へ、我はこの焔のなかに悶ゆるなり」アブラハム言ふ「子よ、憶へ、なんぢは生ける間、なんぢの善き物を受け、ラザロは悪しき物を受けたり。今ここにて彼は慰められ、汝は悶ゆるなり。然のみならず此処より汝らに渡り往かんとすとも得ず、其処より我らに来り得ぬために、我らと汝らとの間に大なる淵定めおかれたり」富める人また言ふ「さらば父よ、願くは我が父の家にラザロを遣したまへ。我に五人の兄弟あり、この苦痛のところに来らぬやう、彼らに証せしめ給へ」アブラハム言ふ「彼等にはモーセと預言者とあり、之に聴くべし」富める人いふ「いな父アブラハムよ、もし死人の中より彼らに往く者あらば、悔改めん」アブラハム言ふ「もしモーセと預言者とに聴かずば、たとひ死人の中より甦へる者ありとも、其の勧を納れざるべし」

（ルカ伝：16.19-31）

[Variant 1]

開かる門のかたちにあふれ出づる饗宴の灯
をしばし見留む
ふくらめばみな泡となる強欲をあるいは日々
の嵩増しとなす

われにある血の源（みなもと）を辿るときいくつかの井戸
枯れつつ立てり

からみつく蔦のごとくにわが生を此処に這は
せり　此処しかなくて

欲しかつたこたへは普通　鬱蒼と芽吹く年ほ
ど朽ち易からむ

生き汚いといふ言葉あり　貧しきは血の定め
とふ声、零されぬ

ちがふ、何かが違ふと常に思ひつつ面伏せて
門をくぐり抜けたり

心身を病みてうしなふ職あればわれに値引き
のパンやさしけれ

次々に諦め慣れてゆく頃を落葉（らくえふ）、　生まれさせ
られし者

身の程を知れと言はれつ　門前に屈み込みつ
つわれの崩えなむ

［Variant 2］

早朝のスマートフォンをふるはせてここにも
届く声なき報せ
ともだちの死をともだちが告げてゐる連絡網
のやうにＬＩＮＥは

新聞のおくやみ欄の画像あり二十七とふ享年目立つ

ああきつと空が笑つてゐたのだらう八月に死をえらびし君よ

閉ざされし門の手前に風絶えて（何故だ？）

こんなに晩夏が似合ふ

みづからに疲れてをれば其処にありし他者（ひと）の
苦悩に気づかざりけり

炎天は他界につづく　返信の言葉もとめてわ
れも彷徨（さまよ）ふ

滲みくる汗をぬぐへばわれになほ宿痾のごと
く生よこたはる

生き残る者はラザロにあらざれば蟬の骸を避けて歩めり
心音の耳に充つれば身体重し凡庸なるかいまだ死なざるは

［Variant 3］

落涙の前ぶれとして微笑めばわれにこの世の
ひかり眩しも
夢を持つためにも金の要ることを水のにほひ
に切花の朽つ

夏にふる雪にあらずも　初めから終（つひ）の姿は見え透いてゐし

死ののちを清らに残る感情のわれに暗渠のごとくありなむ

ウェブ上にふりしきる雪　更新の滞りたるページかがよふ

面倒な人と思はれてゐるらしい　遮光カーテンぴつちりと閉づ

知らぬ間に人を殺したことのある顔だな、言葉を持つたばかりに

せめて鏡を伏せてから死ぬ　まなじりに前世のなごり浮きいづる頃

繰り返さるる生の途上に焼かれゆくわが身よ
　無理をさせてすまない
信じてゐた。（――それが私の心からの抵抗で
あると）伝へてください

［Variant 4］

快晴の朝の葬送耐へ切れずはじけてしまふ実
柘榴の刻（とき）

〈偲ぶ会〉と称して集ふ旧友の写真届きぬわ
がＬＩＮＥにも

音楽家(ミュージシャン)でもないくせにこの歳で――って、なりたかつたのかもしれないが
それぞれに語らぬ過去のあることの貼りついてゐる重き笑顔に
卒業ののちに会はざる幾人(いくたり)と遺影を分かつものは何なる

三年二組二十七人　不参加と死者を隔てる引
き算がある

なつかしい、と思はず打てる返信もながれて
永遠（とは）に揃はぬ〈既読〉

あいつの分も生きてやらうと云ふ声に不意に
溺れたやうな気がして

富める人ならざるわれらお互ひの腫物（しゅもつ）を目守（まも）りつつ触れざりき

陽炎の彼方に見ゆる門あれば守衛のごとく蟬啼きたてる

[Variant 5]

閉ざされし門に凭れて夜明けとふ乏(とも)しき時を
われは恃めり
亡失は生者の奢り　過去といふ過去を野焼に
くべつつ往かむ

運命と呼べば貧しき現実をわれはわれとふ銀貨にて買ふ

紅葉の季に到りてわが裡に君のいたみの色づきにけり

やがてこの門もくづれの日をむかへ分からなくなる声も痘痕（あばた）も

弔鐘の余韻しづかにしたたれば現世の秋深まるばかり

勿論これは君ばかりではないのだが水面にうつり込む曼珠沙華

生きのこるなら引き受けるより他なくて声なきこゑを身にそよがしむ

生まれさせられたるのちに殺さるる生なれば
土のぬくもりを乞ふ
みづうみに枯葦の葉の遊ぶ頃今年の雪のふり
やまざらむ

秋の偽終止

扇風機しまひ忘れし部屋にゐて秋の無風に晒されてをり

出迎へてもらつたことも何度かはある　地上へと地下鉄のぼる

なんとなく知つてゐる葬列のごときものわが
耳に来て耳より去りぬ

もういい、と俯きてなほゆるまざる何ものか
わが下腹部に燃ゆ

晩秋は痕跡本がつれてくる熟れ柿色に透ける
蔵書印

オルガンに灯る偽終止、　頑張れば楽になると
ふ属音（ドミナント）あはれ

生き甲斐と死に甲斐の差を誤魔化しておでん
のだしをすくひ上げたり

落花生

ぜつたいにおまへについて触れないとシンポ
ジウムの席に洟かむ
あらさう、と言ひかへす時水鳥のごときもの
わが喉を過りぬ

花束は時々もらふ　思ひ出はすこし湿気つた
声をともなふ

感情のすべてが凍る　すみ切つた真顔で落花
生潰し合ふ

どの男も先の尖つた革靴を履いてゐて、恥づ
かしくないのか

冬に来る息の暴走　足掻いても足掻いてもな
ほ我といふ森

これ以上ここには居られないやうで紙コップ
手につぶして帰る

全身に目玉のひらく感触の新宿駅に夜気はせ
はしき

楽しかつた楽しかつたと言ひながらまたしても湖底に帰つてしまふ

鈴虫の死にたるのちの土くれの匂へるままを晒し置きたり

夜霧を踏む

この奥にピアノのための部屋がありこころの
奥の空を捧げる
単音は波のみなもと　わたくしのいづみに足
を晒すものたち

防音のとびらに身体あづけつつマズルカ、耳を風に濡らして

君もここへ来てゐたのかと指先をからかひながらめぐる音階

泡立つた心が凪いでいくやうに今日だけ提示部をくりかへす

何度でも鳴りかへすから　色彩を一度うしなふための五線譜

泣いて観た映画のことを話すとき君は古典派の指をしてゐる

ちらかしてゐたのは期待　隣り合ふ音から音へ灯りをたどる

切りすぎの爪のいたみを走らせてアルペジオ
とはひかりの鎖
似て非なるもの同士ゆゑ傷口が和音のやうに
分かつてしまふ
みづからの崩れしたたる感覚にわたしの傷は
充たされてゐて

影ばかりあつまつてくる　低音のトリル荒れ
たる森見ゆるまで

ほんたうは夜から逃れたいのだらう　靴を返
してもらへなかつた

力づくでたたきつけやるオクターブそれでも
笑ひかけるのか、火よ

フェルマータ　泣いてゐるのはわたしではな
くてかつての庭の思ひ出

こころは声にこゑは夜霧にながれつつなぐさ
めてくれなくていいから

ソステヌートペダル踏み込みこれからは壊せ
るだらう私もおまへも

靴の泥はらはずに来てひと言も言はずに済ます、言へずに終はる

枯れ草のひびきたふれて供物とはかへらぬものの息のしづまり

傷ついたものから夜を食ひ尽くすまた永遠が終はつてしまふ

みちづれにしたのは私　真闇なる今は全ての
ひかりがきしむ

鳥のこゑ庭から庭へにじみゆきあなたの終は
らない草むしり

しばらくはここにゐるから連弾の真似事をす
る一つの椅子で

二拍目を踏みしめるときわたくしの夜霧が風
をかたり始める
水ぎはを裸足で逃げる　蹴散らした飛沫を掬
ふための五線譜
ほころびた声がわたしへもどるとき完全五度
の重なりをもつ

信じてはくれないのだな　何ものか樹々を掠
める時の耳鳴り
みづからの鎖に足を取られつつそれも祈りと
呼びたいのだが
ヘミオラのやうに大きく舞ふことの雪に生れ
るならば或いは

水草の眠りのやうに息をするあなたの土踏まずがあたらしい

III

箔押し

止まつてはいけないといふ心意気あるいは思
ひ込みの春先
混色の夢を拒んできたやうな春、　はなびらの
呼吸が踊る

三か月単位にてわが就業はいのち拾ひをくり
かへしたり

それなりにゆるされてゐる気になつてスーツ
の肩の埃をはらふ

近づくと意外と音もうるさくてモノレール、
夜を切りとる光

箔押しの表紙のごとくわが視野にわづかに開く白梅の花

ゴム印の角欠けをればうつらざる番地のうへに風のさまよふ

推し絵師が推しの漫画を描いてゐるやばい尊いあなたは神か

カレー鍋あたためなほす、人生の先輩よりも
信用できる

アカウント消えて本のみ残るひと何人かゐて
ゆれる箔押し

偶然と続篇

生きてゐてほしい人からゐなくなり桜は夜にふくらみを増す

切つてあるピザはパン屋にあれば買ふ頰張るたびにコーンこぼれて

偶然を運命と言ひ張りながらおまへが俺のぬかるみに来る

泣いていい時に泣けない　午後の陽はレモンケーキのうへに傾く

続篇がすぐに始まる番組に不幸がどんどん安つぽくなる

思ひ出に鍵かけながらCDを取り込んでゆく
手放す前に

意味深なこゑを残して居なくなる人が五月に
なると増え出す

消えたつて良いが居ないと困るんだ春の終は
りのドラムロールは

スピンオフ

おとなりはユーチューバーか宗教と思ふ深夜
に銅鑼がきこえる
届かないところに並ぶスイーツの深夜ワック
ス掛けのコンビニ

落ち着いてゐられる人はそれだけで違ふたと
へば年収がちがふ

フリスビー咥へて持つてくる犬に似てゐる、
距離の取り方が変

コード類束ねたままに使はれて転がつてをり
人間のとなり

ラーメンを食べ切る力なくなつて三十代とい
ふスピンオフ

暁闇の窓に凭れてゐる内に生きのびる言ひ訳
を見つける

飴玉

夏の息かすかに溶けてゐるやうな五月、氷を
鳴らすストロー

インパクトに欠ける食事をくりかへすバウム
クーヘン指先に崩ゆ

スタンプの趣味合はざればかの人は焼け野原
なり草生えるたび

エレベーターごとゐなくなる物語われに起こ
らず十階へ着く

飴玉を転がすやうに歌ふから歌詞がかなしく
ても気づかない

指づかひ

目も耳も塞いでをれば膝のうへにあなたと同
じ猟銃がある

指づかひ　こころがこゑになるときのほんの
わづかな息のためらひ

銃殺の夢より醒めて足元にリモコン白く転がつてをり

在りし日といへばそのぶん遠のいて汽笛のくづれゆく定期船

たましひの速度に朽ちてあぢさゐの花曇天に錘のごとし

水色のシーツ廻して真夜中の穴となりたりコインランドリー

呻きから寝息へ変はり裏道に室外機しんと並んでゐたり

雲の終はり

あの辺に雲の終はりがあるといふ定説　もつと断罪したい
あたらしい耳鳴りに逢ふ　雨雲の赤いところが散らかつてゐる

俺はおまへであるかもしれず庭先にシャベル
とスコップの行き倒れ
責めてゐるつもりはないがポケットに何やら
硬いものがまだある
Kogenta Hamamatsu, The Genealogy of the Century (1938)
ひまはりの顔おとろへてゆく頃にあをき絵の
具の廃番を聞く

翅ある人の音楽

水鉄砲持ちゐし頃に出逢ひたるうすき翅ある
人のまぼろし

*

地図のうへに道は途絶えて逃げ水の角を曲が
れといふナビの声

ひるがほの蔓に埋もるるバス停のわづかに西
へ傾ぎたる首

人のをらぬ街へ帰れば街ぢゆうの涸れざるま
まの湧き水に逢ふ

男ノクセニ、女ミタイナ声ヲ出シヤガツテ。

耳鳴りは草のいたづら　ゆふぐれの音楽堂は
砂にまみれて
ランタンに灯を点しつつひかりとはおのれの
影の伸びゆく範囲

指揮棒に射抜かれし眼の記述あり腕まくりし
て書庫に潜れば
全集のたたずまひにて思ふひと自筆年譜に没
年あらず

オマヘノ声ハ、オマヘノ話シ方ハ、皆ヲ不快ニサセル。
少シハ声ヲ下ゲタラドウダ。

うちがはにゐると判つて目を伏せる　うすく
窓辺に顕つ翅のかげ

カセットテープ爪折られたる日のありてカス
トラートの晩年を聴く

ふるへつつ生きてゐること　遠雷のやうに観
客席は咳込む

いつぴきとひとりの気配ふかまれば指につきたる背表紙の箔

オマヘノ歌ハツマラナイ。
女ノ歌ノ悪イトコロバカリ吸収シテヰル。

八月の打弦わづかにくぐもればアップライトに交差する雨

奪はるるほどに熱持つ指先に鎖のごとくさわがしき水

をとこみなをとこのこゑになりゆくをかつて屠（し）めたる鶏の爪痕

鳴り止みしメトロノームにとまりゐる白蛾いつさいのひかりを信ず

オマヘノ書イタモノヲ「名文」ダナンテ、ヨク言ヘタモノダ。

レコードの針もひかりといふ噂告げたるのち
のオニヤンマ知らず

命からごみへと変はる一瞬の蜻蛉のあたま捥
ぎたる子ども

学名は諡（おくりな）に似て標本のイタリック体こゑを持たざる

何となく口ずさむ時うたごゑに翅の名残の倍音ひらく

過労死ナンテ、アンナモノ。

言ひ尽くす力なければとほきよりわれに汽笛
を鳴らすものあり

近づいて来ると判つてゐたものを、 炭坑節に
カンテラ揺れて

引き込み線の跡を辿ればざくざくと葉とも翅
とも分からぬ足裏（あうら）

翅あらば人にあらずと　湧き水を昼に汲む
者、夜に汲む者

坑道にこだま成しゆくうたごゑのひかり求め
て高まるといふ

ブレーキの火の粉閃きたる夜をわれはいつま
で廃坑にゐる

人ツテノハ、、トラウマヲ乗リ越エテ成長スルモノダラウ？

大合併の前年に編まるる町史にて大火の夜は
頁を跨ぐ
山火事のほのほのほ明るく拡がれば数多の翅の夜
半に飛び交ふ

火を見てもひかりと思ふ　求むれば求むるほどに指をうしなふ

うたごゑは秋の乾きを知りながらひかりを歌ふ、死にながらうたふ

声をうばふ、死ぬまで奪ふ　燃え尽きるまでが翅とふかつての訓(をし)へ

死してなほ口より離さざる喇叭リップスラー
は橋のかたちに
死者の数に二説あるとふ　真つ先に背中の翅
の有無を視らるる

何故オマヘガ当事者ブルノカ。

碑（いしぶみ）はすすきの風にいざなはれ炭坑節をいまもなほ歌ふ

にんげんのこゑは背骨を狙ふから削ぎ落したるみづからの翅

置き去りの貨車に絡まる蔦の葉よこれはおまへの柩ではない

わたくしの傷は旨いか　薄氷を踏みぬけば満
たされて　おまへも

冬になるまへに譜面を書き上げてしまはねば、
息のつづく限りは

アカペラの歌詞に息づく狩人（かりびと）は父亡きのちを
森に棲むとふ

コノ社会ニ、オマヘト対等ナ人間ナド、ドコニモ存在シナイ。

*

鏡にはだれもうつらず晩秋のオルガン弾きは
背中で歌ふ

しかるべき火種

塩の小瓶しづかに置けば卓上に真白き丘の切り取られたる

しかるべき対応として苛立ちの胃液を甘いお茶で薄める

クリームを靴に塗りつつみづからを火種のごとくかかへ込みたり

この道はキリンの首の形して突き当たるなり雑木林へ

吊り革が額をつつく　厄介なひとと思はれ出してうれしい

ここにきてやうやく合つてきたやうな身体、
わたしの終の住処よ
手の甲にハンドクリーム塗りながら懐かしさ
では飯は食へない

ヴィオラと根菜

上向きの蛇口に口をすすぎつつ冬の日向の公
園にゐる
日だまりを海としその身横たふる犬よ大陸の
ごとき呼吸よ

おまへは何故そこで笑つてゐるのかと問ひたる首のこちらへ曲がる

頻繁に猫に会ふから猫道と名づけて今日も抜ける猫道

眠るたび心の奥に市（いち）が立ちぬくいぬくいと手招いてゐる

哀しみは少し遅れてやつてくる旋律はやがて
ヴィオラに降りて
覚めぎはの夢にふはりと匂ひ立ち塩パンは塩
対応にあらず
しんどいと言はなくなつた頃からが正念場だ
と、根菜を煮る

祈るほどにおまへは遠く、錯乱のサクラクレパス頰に散らして

ヴァウェンサ、と改められて新版の世界史資料集春を待つ

祠

ため息を喉にとどめておく時のわづかに軋む
吊り橋のこと

或る年は自筆年譜に飛ばされて無かつたこと
になりゆく何か

後で思へばあれも祠であつたことと雪をあなた
は払ひ続けて
バケツごと凍りつきたる明け方に一人称が昔
にもどる
この水を飲んで育つた私にには見えない村のに
ぎはひがある

鉄柵に雪吹きこぼれしんしんと胸に引き寄せられるシンバル

リズムとは心のくぼみ　住み慣れた家に知らない扉がふえて

ずつと前に死んでしまつた犬がゐて夢の綿毛を追ひ抜いてゆく

立ちなほるための数日寝通してこころは古い
銀貨をこぼす

汽車といふ言葉は北へ向かひつつ雪にまばゆ
しモノクロの渡河

IV

銀のエンゼル

偏頭痛起これる昼に樹系図のごときものわが
脳（なづき）をひらく

明日辞める仕事のことを思ひつつ埠頭に春の
風あつめをり

あと十円足りずに千円札を出すわづかに角の
破れたるまま

今は無い通貨について話すとき港へつづく橋
のゆらめき

手拍子がずれて合つてをくり返す舞台に誰も
ゐなくなつても

ああ人は人でないものになりたがる見上げれ
ばビル灯り撓んで
私からわたしの離れゆく春のさなかに銀のエ
ンゼルに逢ふ

定刻論

思ひ出の芽吹く季節に出て行かうときをり花
をうしろへ投げて
かつて見たすべての窓を散らかしてかほばか
りなる人ら手を振る

駅までのおよその距離を考へて途中にコンビ
ニを思ひ出す
間に合つた順に扉のむかうへと流れをつくる、
ながされながら
定刻を告げて鳴りやむ音楽の耳にしづんでゆ
く切れつ端

こはれたる記憶に指は消えながら綿毛の茎を
千切りとる

いつてしまつたものの気配をひき寄せて消灯
ののちをホームに迷ふ

かういふ事はもつと早くから手を打つておけ
と、知らない私の声が

まだ届くやうな気がして手をのばすそしてく
りかへされる花冷え

定刻をむかへてもなほここにゐる頼むから手
を振らないでくれ

泥水

冗談ぢやない、と短く遮ればしばし間を置き
て返信は来る

分からうとしてゐるやうに見えないと泥水が
くる、分かつてたまるか

Bメロのやうな転機と思ふ時かすかに腹を括りはじめる

そちらではよろしくやつてゐるさうで実は落とし穴だつたらしいが

まぼろしの一人となりて西口に雨の重さを見届けてゐる

タスクと花火

タスクひとつ塗りのこしたる週末の手帳にほ
そき銀のペン挿す
海を見に行かうと君に伝へたらもう満たされ
てしまふ気がして

副業を持てと謳へる広告のＳＮＳにばたばたと降る

特急の通過待ちたる鈍行に赤きシートのつややかに見ゆ

露地物の野菜はグレてゐると云ふグレてゐるから旨いのだと云ふ

花火つて聞いてゐるので大抵の爆発なら素直
に受け入れる

台風の眼のごときものわが内の怒りにもあり
生ぬるき風

ホームドアわづかに早く閉ぢられてこれより
夜の急流に入る

次の首

倒木のやうに呼吸をのばすときわたしは苔の
胞子にもどる
やはらかな砂のうちよりすくひあげ次のわた
しの首にしようか

末裔と呼ばるることのかなしみを納豆ごはん
糸ごと啜る

いつ入れた残高だらう、　改札はひらく昔に借
りをつくつて

掌のなかに螢いつぴき潜ませておしまひまで
のみじかいページ

土のみづから

揺れるのはかつての風のなごりだと電気のひもが額にあたる
梅の実のこころころこぼるる明け方の雨あをあを
と坂を叩けり

ところどころぼかしの入る水彩の花野、生まれた言ひ訳をして
みづからがとほくを歩みゐるやうな午後の軽みを椅子に預ける
いつか止む凪と思へば川べりを泥まみれなる凧のきれはし

靴下の左右はすこしづつずれてだらしない兄
は左側なり

洞（うろ）をもてるからだ愛（かな）しむ歳月に添ひて斑入り
の葉の芽吹きをり

もうひとりわたしが肩のあたりより膨れるご
とき怒りあらはる

しんこきふ、　故意に侘しくなる夜の横隔膜は
ねむりの錨

蕁麻（いらくさ）のやうに両手をひろげればわたしの庭の
とほい明るさ

遠近の窓に溶け合ふ明け方をひとふで書きの
鴉つらぬく

ほほゑみのかたちのままに生き終へて逆さ吊りなるドライフラワー

この部屋にときをり出逢ふ蜘蛛のゐて積みたる本の谷あひに消ゆ

寝惚けつつ巻く卵焼きあるときは午後の窓辺のやうに甘くて

空想の海へかよつてゐた頃のズボンの裾を折りかへす癖

地下鉄の駅へ逃げ込む真夏日のやけくそだつて休みやすみに

市内循環バスでは往けぬ目的のあれば炎天にバスを見送る

今日も買ひ忘れてティッシュペーパーの箱にて虚（うろ）の息溜まりをり

キムチ嚙む顎のちからにむつくりと我を忘れてつづく白米

から揚げの衣こぼれてゐる卓にあれは未遂の夢のてらてら

破りつつ溺れるページ　入ってはいけないと
あれほど言ったのに

時あまたゆるしてとけるドロップのかけら、
おまへの爪のいたみを

嬉々として橋こはしたる幾たりを忘れず忘れ
得ず靴ぬらす

砂に足さらして立てばくづれつつ定まる指と
砂のかたちは

匂ひからこはれはじめて桃の実をしづかに啜
る夜の流しに

不意に夜啼きてしづまる蟬ありつかつて死に
目に会へざる血族（うから）

つきかげは古書の活字にまぶされてシナモン
の香につづく眠りを

いきの種まくやうに飲む薬剤のしみてはかわ
く土のみづから

押し花の栞にはなの声のこり折をりに泥の面（おもて）
をなぞる

人に会ふ予定はずつとなくなつて夏のをはり
を鍵冷えてゐる

あとがき

一冊をまとめながら、同じことを歌にしすぎていると改めて感じた。雪や湖といったモティーフに倚りかかりすぎだと自分でも思う。だが、それらの歌を完全に消し去ることはできなかった。気づかぬうちに心の奥底へしまい込んできたものたちの気配がかすかな軋みとなってひびく時、歌は、言葉は、私が私自身やこの世界と関わるためのやわらかな指針となってきた。あるいはこれは、会うことの無かった祖父が愛した風景への無意識的接近であったのかもしれない。まっすぐとは言い難い道のりであるが、それゆえに残しておきたいと思ったのである。

歌を作り、文章を書く行為は、何もない平原に一人で櫓を組み、笛の音を風に乗せて遠くまで行き渡らせることに似ている。ただ、振り返ってみれば私は、もっと遠くへ、もっと強い音をと意気込むあまり、時に横笛で無理に警笛の真似をしてきたようにも思う。身近に威勢の良い音や櫓があれば、何度もその影に飲まれもした。

しかし、ここ最近特に思うのは、一度身体で覚えたものは何があっても忘れない、という素朴な事実である。言葉とは無数の指づかいを持ったとてつもない楽器であり、その面倒さと味わい深さを私は何度も身体にしみ込ませてきた。目の奥の五線譜を繰り返し辿りながら、私は私自身の時間を、これからも奏で直すことだろう。

＊

本書は私の第一歌集です。二〇一四年の晩秋から二〇二一年の終わり、年齢で言うと二十六歳から三十三歳にかけて発表した約一四〇〇首のなかから四二〇首を選び、季節の流れに沿って改稿・再構成しました。これ以前に一度、「春の遠足」の題で三〇〇首が第三回現代短歌社賞の次席となりましたが、今回の歌篇との重複はありません。

吉川宏志さんをはじめとする塔短歌会の皆さん、「京都ジャンクション」の戦友たち、「立命短歌」「穀物」の懐かしい仲間たち、「Tri」の心強いメンバーたち、そしてSNSやイベント、演奏活動等を通じての多くの出会いと思い出に、改めて感謝申し上げます。

琹文を真中朋久さん、染野太朗さん、高瀬隼子さんに書いていただきました。私が道に迷い続けては時にはげしく脱輪するさまをよく知っておられる御三方から講評をいただき、大変うれしく思います。装幀は花山周子さんにお願いしました。花山さんの装幀で本を出すのが、私のひそかな夢でした。そして、典々堂の髙橋典子さん。髙橋さんにお声がけいただかなければ、私はまたしても好機をうしなうところでした。ありがとうございます。

二〇二三年三月　あたらしい季節を前に

濱松哲朗

濱松哲朗　略歴
1988年、東京都板橋区生まれ。茨城県笠間市出身。
立命館大学文学部在学中の2010年、「塔」入会。
のちに「立命短歌」「穀物」へ参加。
2014年、塔創刊60周年記念評論賞受賞。
2015年、第3回現代短歌社賞次席。
2021年、評論集『日々の鎖、時々の声』（私家版）。
現在、「塔」所属、「京都ジャンクション」「Tri」同人。

翅ある人の音楽（塔21世紀叢書第419篇）

2023年6月24日　初版発行

著　者　濱松哲朗

発行者　髙橋典子

発行所　典々堂
〒101-0062　東京都千代田区駿河台2-1-19
アルベルゴお茶の水323
振替口座　00240-0-110177

組　版　はあどわあく　印刷・製本　渋谷文泉閣